VENTE

du 27 Mars 1907

HOTEL DROUOT -- SALLE N° 11

A DEUX HEURES

ARGENTERIE

BIJOUX

PORCELAINES -- FAIENCES

TABLEAUX

MEUBLES ANCIENS

Lit en tapisserie au point et au petit point

ÉPOQUE LOUIS XIV

TAPISSERIES — ÉTOFFES

Me F. LAIR DUBREUIL

COMMISSAIRE-PRISEUR

M. Arthur BLOCHE

EXPERT PRÈS LA COUR D'APPEL

CATALOGUE

D'ARGENTERIE

SERVICES DE TABLE, GARNITURE DE TOILETTE DE TIFFANY & DE ELKINGTON

BIJOUX — DIAMANTS — OBJETS DE VITRINE

Porcelaines de Sèvres, Saxe, Chine, Japon

Faïences de Delft, italiennes et de Rouen
Marbres. Statue grandeur nature : Vénus de Médicis

SURTOUT DE TABLE EN BRONZE DORÉ DE THOMIRE

MEUBLES ANCIENS

Beau lit en tapisserie au point et au petit point

Époque Louis XIV

TAPISSERIES, ÉTOFFES, TAPIS D'ORIENT

DONT LA VENTE AURA LIEU

HOTEL DROUOT — SALLE Nº 11

Le Mercredi 27 Mars 1907, à 2 heures

Mᵉ F. LAIR-DUBREUIL	M. Arthur BLOCHE
COMMISSAIRE-PRISEUR	EXPERT PRÈS LA COUR D'APPEL
6 — Rue Favart — 6	52, Rue de Châteaudun, 52

CHEZ LESQUELS SE TROUVE LE PRÉSENT CATALOGUE

EXPOSITION PUBLIQUE

Le Mardi 26 Mars 1907, de 2 heures à 6 heures

CONDITIONS DE LA VENTE

La vente séra faite au comptant.

Les acquéreurs paieront *dix pour cent* en sus des enchères.

L'Exposition mettant le public à même de se rendre compte
de l'état des objets, aucune réclamation ne sera admise une
fois l'adjudication prononcée.

DÉSIGNATION

BIJOUX

1 — Paire de boucles d'oreilles formées de brillants solitaires.

2 — Bague en or enrichie d'un saphir entouré de brillants.

3 — Bracelet souple en or et brillants.

4 — Epingle de cravate forme fer à cheval en brillants et saphirs.

5 — Bague en or enrichie d'une perle entourée de brillants.

6 — Pendentif forme nœud orné de trois perles et de brillants.

7 — Broche-barrette en platine ornée d'une émeraude et de brillants.

8 — Paire de boucles d'oreilles enrichies de perles.

9 — Bague forme croisée en or enrichie de deux brillants solitaires.

ARGENTERIE, ORFÈVRERIE

10 — Service de table en argent de Elkington, de
Londres, au chiffre K avec écusson et devise,
composé de : dix-huit cuillers à potage, trente-six
grandes fourchettes, dix-huit couverts à entre-
mets, dix-sept cuillers à café, trente-six couteaux
de table, dix-huit autres moins grands, douze
couverts à poisson, douze couverts à fruits avec
manches en nacre et lames argent, douze couteaux à beurre, une louche, une cuiller à sauce,
un service à poisson, un service à salade, deux
services à découper, un ciseau à raisin, un fusil
à repasser, une pelle à fromage, une pince à
asperges, une pince à sucre, quatre cuillers à
sauce, trois pelles à sucre et à fraises, deux mou-
tardiers, deux casse-noix, une cuiller à sucre
cristallisé, une pelle à thé.

11 — Deux plateaux en argent à bords contournés
avec écussons gravés, posant sur quatre pieds.

12 — Service à dessert en vermeil finement ciselé,
de Tiffany, composé de douze couteaux, douze
fourchettes et une paire de ciseaux à raisin.

13 — Paire de flambeaux en argent, modèle colon-
nettes surmontées de chapiteaux.

14 — Garniture de toilette en argent finement ciselé décor à branchages de lierre avec oiseaux et nids d'oiseaux se détachant en haut-relief, travail de Tiffany. Elle se compose de deux flacons et une boite à poudre tout en argent, un miroir, deux brosses à cheveux, une brosse à habits, une brosse à chapeau et un peigne. A figuré à l'exposition universelle de 1900.

15 — Miroir biseauté à chevalet, avec cadre en argent ciselé et repercé représentant des médaillons à petits personnages sous des arceaux, xviiie siècle.

16 — Douze petits plateaux à beurre en argent repoussé.

17 — Cinq pièces à pickles et à confiture en argent.

18 — Quatre pelles à fraises en argent doré, repercé et ciselé.

19 — Douze salières et poivrières en argent, forme gourdes.

20 — Douze salières avec pelles en argent repoussé.

21 — Service à salade en argent ciselé de Tiffany.

22 — Pelle à gateau, pelle à soufflet, autre à glace et une à sauce en argent ciselé, de Tiffany.

23 — Cuiller à sucre en argent niellé.

24 — Six cuillers pour brûler le sucre en argent ciselé.

25 — Deux pinces à sucre en argent.

26 — Treize pelles à sel et à moutarde de différents modèles en argent.

27 — Deux carafons en argent.

28 — Plat en argent.

29 — Deux petites cuillers à confiture en argent ciselé, de Tiffany.

3o — Deux cuillers à confiture et deux à moutarde en argent niellé, de Tiffany.

3 1 — Pelle à cornichons en métal argenté.

32 — Grande cloche pour conserver les plats chauds de forme ovale en métal argenté, bordure et anse à perlés, de Mappin, de Londres.

33 — Deux ramasse-miettes en métal argenté.

34 — Onze fourchettes à huitre en argent finement ciselé, de Tiffany.

35 — Fourchette à conserves, de même travail, de Tiffany.

36 — Petite pince à sucre en argent ciselé, de Tiffany.

37 — Petit pot à crême posant sur plateau en métal argenté et ciselé sur fond sablé, anse à mascaron.

38 — Pot à lait de même travail.

39 — Grand plat ovale en métal argenté à bord contourné et grappes de raisin en relief, de Tiffany.

40 — Plat ovale en métal argenté, bordure à filets, de la Cie Mériden.

41 — Deux théières, sucrier, bol à sucre et pot à crême en métal argenté de Elkington, de Londres.

42 — Porte-bouteille à champagne en métal martelé et argenté orné de fleurs, insectes et volatiles en relief, de la Cie Mériden.

43 — Quatre dessous de carafes à galerie en plaqué argent, de Tiffany.

44 — Trois légumiers, forme ronde en plaqué argent avec couvercles et plateaux, de la Cie Mériden.

45 — Six coquilles à soufflets en plaqué argent, de la Cie Mériden.

46 — Deux porte-biscottes en plaqué argent, de Tiffany.

47 — Cafetière métal argenté, posant sur quatre pieds avec écusson gravé, de Elkington, de Londres.

48 — Réchaud à trois mèches en plaqué argent, de Tiffany.

49 — Réchaud plus petit avec lampe, de Tiffany.

50 — Deux plats à entrée avec couvercles pouvant former quatre plats en plaqué argent, de Tiffany.

TABLEAUX, PASTELS

AQUARELLES

CHARDIN (École de)

51 — La dentellière.

Cadre bois sculpté et doré.

MALLET (Attribué à)

52 — La présentation.

Cadre en bois sculpté et doré.

MIÉRIS (D'après)

53 — La consultation.

Cadre en bois sculpté et doré.

TÉNIERS (Ecole de David)

54 — Intérieur de cabaret.

WATTEAU (École d'Antoine)

55 — Les divertissements champêtres.

56 — Le concert.

Cadres en bois sculpté et doré.
Deux pendants.

ECOLE ANGLAISE

57 — Le mendiant.

Gravure en noir.

58 — Portrait de petite fille.

> Toile ovale.

ECOLE FRANÇAISE

59 — Portrait de petite fille jouant avec un chat.

> Pastel.

60 — Tête de Flore.

ECOLE MODERNE

61 — Portrait de femme Louis XV en robe bleue décolletée.

> Pastel.

62 — Portrait de femme Louis XV en robe bleue décolletée et tenant un panier de roses.

> Pastel.

PORCELAINES, FAIENCES

63 — Tasse trembleuse avec soucoupe et couvercle
en ancienne porcelaine de Sèvres pâte tendre, fond
gros bleu, médaillons à oiseaux et paysage, encadrement, ornements et bordure à rehauts d'or,
Epoque Louis XVI.

64 — Deux seaux en ancienne porcelaine de Sèvres,
décor fleurs et fruits, bordures et encadrements dit
feuilles de choux en bleu et or.

65 — Tasse et soucoupe en ancienne porcelaine de
Sèvres, pâte tendre, décor par bandes à fleurs et
draperies.

66 — Deux vases en ancienne porcelaine de Berlin,
décor médaillons et guirlandes de fleurs, anses à
têtes de béliers, forme Louis XVI.

67 — Deux compotiers en ancienne porcelaine de
Sèvres, pâte tendre, décor à bouquets de fleurs
sur fond gaufré.

68 — Bol en ancienne porcelaine de Frankenthal,
décor à paysages avec figures.

69 — Saucière et plateau en ancienne porcelaine de
Saxe, décor à bouquets de fleurs en couleurs,
guirlandes et autres bouquets en relief.

70 — Bonbonnier avec couvercle en ancienne porcelaine de Saxe avec plateau de la Courtille, fond
gaufré médaillons marines et figures, et bouquets
de fleurs détachés.

71 — Plat en vieux Chine décor en rouge et or, marli
en relief sous couverte d'émail.

72 — Plat en vieux Chine polychrome décor de fleurs
et d'oiseau perché.

73 — Soupière en porcelaine de Chine décor à fleurs
en bleu.

74 — Pot à couvercle et jardinière en Chine à décor
bleu.

75 — Deux plats à barbe en vieux Japon polychrome.

76 — Trois assiettes en porcelaine du Japon.

77 — Dix-neuf plats ou assiettes en porcelaine de
Chine à décor bleu.

78 — Neuf assiettes en ancienne porcelaine de Chine
décorées en émaux de couleur.

79 — Quatre plats, une coupe et une assiette en faïence
de Delft à décor bleu.

80 — Trois bols en porcelaine de Chine.

81 — Six soucoupes en porcelaine de Chine.

82 — Deux bols et trois tasses en porcelaine de Chine à décors variés.

83 — Vase à couvercle, boîte à épices et théière en porcelaine du Japon polychrome.

84 — Assiette en porcelaine décorée, assiette en Delft polychrome, assiette en faïence de Tournai, deux tasses avec soucoupes en porcelaine décorée.

85 — Vase en terre brune vernissée à médaillons en relief.

86 — Deux petits plats en faïence à reflets.

87 — Plat en faïence de Delft, décor en bleu d'oiseaux dans un paysage.

88 — Huit pots variés en grès décoré.

89 — Soupière de forme oblongue avec couvercle en terre brune d'Avignon, décorée en relief et ornée aux angles de figures chimériques.

90 — Coupe et plat en faïence de Delft, décorés en bleu.

91 — Vingt pièces : assiettes, plat, coupe, plaque et livre en faïences diverses.

92 — Petite soupière forme Louis XV en faïence italienne, décor en vert et jaune.

93 — Deux pots et deux coupes en faïence à décors
variés.

94 — Sucrier à poudre plat et ravier en faïence
décorée.

95 — Trois raviers en faïence italienne, décor à
fleurs et feuillages.

96 — Plat, aspergeoir et brûle-parfums en terre et
faïence algériennes.

97 — Plat et bouteille en faïence suisse.

98 — Trois cornets en faïence de Delft à décor
bleu.

99 — Deux plats à barbe en faïence décorée.

100 — Assiette et coupe à bords contournés en faïence
de Rouen, décor en bleu et polychrome.

101 — Jardinière octogonale en faïence de Rouen.

102 — Coupe oblongue en même faïence.

103 — Cache-pot et soupière en faïence de Stras-
bourg, décor au Chinois et à fleurs.

104 — Plat rond contourné en faïence, décor à
fleurs.

105 — Bannette en faïence de Rouen, décor à vase
de fleurs en bleu et rouille.

SCULPTURES

106 — Statue en marbre grandeur nature : Vénus de
Médicis.

107 — Groupe en marbre : l'Amour et Psyché,
d'après Canova.

108 — Groupe en marbre : le Baiser, d'après Houdon.

BRONZES, OBJETS DIVERS

109 — Beau surtout de table en bronze ciselé et doré, de Thomire. signé, époque 1er Empire. Il se compose d'une corbeille de milieu avec groupe de nymphes drapées et deux étagères à trois coupes avec groupes d'enfants musiciens assis.

109 bis — Lustre en fer forgé.

110 — Cachet en bronze argenté: Jeanne d'Arc. Edition de Susse.

111 — Cachet en bronze argenté: l'Enfant au coq.

112 — Cachet en ivoire plaqué d'argent : petit Bacchus.

113 — Eventail, monture en nacre, feuille en dentelle d'Angleterre à médaillon peint.

114 — Icône russe, garniture en cuivre.

115 — Buvard et plumier en maroquin, monture en bronze doré.

116 — Narghilé en cuivre.

117 — Paire de petites balances anciennes avec séries de poids.

118 — Deux poignards.

119 — Ecritoire en laque de Perse.

120 — Deux morceaux de cuir ciselé à décor indien.

121 — Onze verres anciens.

MEUBLES

122 — Commode Louis XV en bois de rose garnie de bronzes, dessus en marbre.

123 — Buffet Louis XIII en bois sculpté.

124 — Bahut en chêne sculpté et bois noir ouvrant à quatre vantaux. xviie siècle.

125 — Grande applique vaisselhère en chêne sculpté. xviie siècle.

126 — Fauteuil de style Louis XIV en bois doré et sculpté, couvert en tapisserie à la main à fleurs et feuillages.

127 — Fauteuil de style Louis XIII en noyer, garni en tapisserie à figures d'amours et vase de fleurs, contrefond bleu.

128 — Chaise Louis XIII couverte en cuir décoré.

129 — Glace dans un cadre doré.

130 — Glace cadre doré.

131 — Meuble en noyer sculpté ouvrant à quatre portes et deux tiroirs. Epoque Louis XIII.

TAPISSERIES

132 — Belle tenture de lit en tapisserie au point et au
petit point époque Louis XIV, représentant des
médaillons à scènes mythologiques et allégori-
ques à petits personnages dans des paysages avec
des animaux. Ces médaillons sont encadrés
d'enroulements et de palmes, ils se détachent sur
fond noir animé des compositions les plus variées
d'animaux, de volatiles au milieu d'ornements
s'harmonisant avec les bordures, dessin à lam-
brequins. Elle se compose du tour de lit formé
de trois bandeaux, deux pentes, une courte-
pointe avec trois bandeaux; le fond, le ciel et le
dessus de lit, ainsi que les doublures des pentes,
sont en ancien damas de soie vert.

133 — Tapisserie ancienne à personnages, sujet tiré
de l'histoire de Moïse, fond de verdure. xviie siècle.

Haut. 5m20. Larg. 2m20.

134 — Tapisserie représentant le Jugement de Pâris,
fond de verdure, paysage et vue de château,
bordure à encadrement.

Haut. 2m95. Larg. 2m60.

135 — Petit panneau en ancienne tapisserie d'Au-
busson : jeune couple dans un paysage.

Haut. 1m85. Larg. 1m10

136 — Deux fragments d'ancienne tapisserie verdure
à volatiles, bordure à fleurs. XVIIᵉ siècle.

Haut. 2m70. Larg. 1m90 chaque.

137 — Fragment d'ancienne tapisserie à figure de
femme, fond de verdure. XVIIᵉ siècle.

Haut. 2m25. Larg. 0m95.

138 — Panneau en ancienne tapisserie : le Christ à
la colonne.

Haut. 1m30. Larg. 0m95.

139 — Trois fragments d'ancienne tapisserie verdure, parties à bordures.

140 — Panneau en ancienne tapisserie à figure de
cavalier, bordure à fleurs sur trois côtés.

141 — Bande en ancienne tapisserie au point.

Long. 1m60. Larg. 0m25.

142 — Fragment de tapisserie ancienne.

Haut. 2m40. Larg. 0m70.

143 — Dix morceaux en ancienne tapisserie au
point.

144 — Vingt-quatre morceaux ou fragments de bordures en ancienne tapisserie.

ÉTOFFES — TAPIS D'ORIENT

145 — Tapis de table tout brodé en soies de couleurs sur fond gris, dessin à losanges et branches de fleurs, bordure à fleurs et branchages. Travail oriental.

146 — Chasuble en ancien velours rouge et broderie Renaissance.

147 — Tapis oriental fond rouge à médaillon central et écoinçons, fond gris.

Long. 2ᵐ. Larg. 1ᵐ30.

148 — Tapis ancien d'Orient à dessin multicolore sur fond rouge.

Long. 3ᵐ. Larg. 1ᵐ85.

149 — Tapis ancien d'Orient à dessin polychrome.

Long. 1ᵐ60. Larg. 0ᵐ98.

150 — Grande portière de Karamanie à dessin polychrome.

151 — Neuf panneaux pour tenture murale en soierie verte brochée ton sur ton à guirlandes de feuillage (avec galons assortis).

152 — Trois stores et six brise-bise en soie blanche et dentelle (avec leurs tringles).

153 — Socle en peluche rose.

154 — Objets omis.